JN291621

自閉症の僕が残してきた言葉たち

― 小学生までの作品を振り返って ―

東田 直樹

株式会社エスコアール

はじめに

人は誰かに何かを伝えたい時、まずは「会話」という方法を使うと思います。学校で楽しいことがあれば、家に帰っておかあさんに「先生に、ほめられたよ」としゃべっているはずです。

でも僕は会話ができません。生まれてこれまで、両親にさえも、会話で自分の気持ちを伝えたことはないのです。

代わりに、筆談あるいはパソコンによって小さいころから、多くの詩や物語を書いてきました。僕が文章を書くというのは、会話をするのと同じことです。これらの作品の中に、その時の僕の気持ちや考えがこめられているからです。

小さい頃のことはひとつひとつ書くことは出来ませんし、記憶がはっきりしていないところもあります。

この本を出版しようと思った理由は、気持ちを会話で伝えることと同じように、作品を通して自閉症という障害を持つ僕の心を、みなさんにより深くわかってもらえると思ったからです。

当時の作品の中にある僕の思いは、僕だけが抱えている気持ちではないと思います。

文字盤

文字盤を使って

僕のどこが悪いかということより、自閉の子でこんなふうに思っている子もいることを知って欲しいのです。

目次

細字は、2007年秋に執筆した解説です。

- はじめに ……………………………………………… 3
- 序章　いちばん好きな作品 ……………………………… 11
  - 小学生時代の作品の中では ……………………………… 12
  - 夏の終わりに …………………………………………… 13
  - 健一は、何をせみから教えられたのでしょう ……………… 17
- 第一章　お母さんの愛情が僕を救ってくれました ………… 19
  - お母さんといっしょに …………………………………… 20
  - お母さんと通った普通学級 ……………………………… 21
  - 海の中には（であったかわいいものたち） ……………… 26
  - オニアンコウのような海のぬしは ……………………… 27
  - みんなと同じ世界で生きていきたい …………………… 30

ひとりぼっちだった僕 ………………………… 32
雪ん子 ……………………………………… 33
雪ん子は、誰なのでしょう ………………… 43
僕の家族 …………………………………… 44
ぼくたちの青い星 …………………………… 45
自然の中でくらしたい ……………………… 50
キャンプへ行こう …………………………… 51
僕の愛する自然 …………………………… 54
高学年になって考えたこと ………………… 55
言葉 ………………………………………… 56
僕の鼓笛隊、リコーダー …………………… 60
作品の中の僕 ……………………………… 62
さとるのあさがお …………………………… 63

第二章　詩がいちばん好きです …………… 67
小学生の時に書いた詩から ………………… 68

目次

どこかで雨が …………	69
これが宇宙の風 …………	70
僕は風がとても好きです	
虫の話 …………	72
虫が怖いですか？	73
蓑虫 …………	74
僕は、蓑虫に似ています	75
実りの冬 …………	76
鏡 …………	77
寂しいカナリア …………	78
障害者は守ってあげるもの？	79
怪獣 …………	80
両親が謝っている姿を見て	81

7

鳥になった日 ……… 82
　鳥になりたいと、僕はずっと思っていた

星影もなし ……… 84

仕事をしました ……… 85
　どんな人も役目がある

「みしみし」は何 ……… 86
　ひとりになりたい時

第三章　僕の思いを伝えたくて ……… 88

カードと絵本 ……… 89

小さい頃の作品を振り返って ……… 91

くもをそらに ……… 92

これを読んだお母さんは ……… 96

かみさまのくに ……… 97

目次

想像力について	105
夢色の花	107
妖精たちが言った最後の言葉	111
周りの人たちの愛情	112
宇宙へ	115
夢は、どこへいくんだろう	118
約束	119
第四章　今も僕は詩を書いています	
最近の詩から	123
夢	124
言葉より大きいもの	125
ルビィ色の心	126
草になれなかった	128
	130

家族 ………………………………	131
そっと ………………………………	132
学校 ………………………………	133
毎日大変な君へ ………………………………	134
幸せな記憶 ………………………………	136
さようならの詩 ………………………………	138
最近の物語	140
幸せな時間 ………………………………	141
終わりに ………………………………	144
最悪の時も（自筆）………………………………	145

序章　いちばん好きな作品

小学生時代の作品の中では、6年生の時に書いた「夏の終わりに」という物語をいちばん気に入っています。

この物語は「おはなしエンジェル子ども創作コンクール」で最優秀賞をいただいた作品です。

なぜ、この作品が好きかというと、何気ない毎日の暮らしの中から、少年が忘れていた大切なものを見つけるという話を、幻想的な描写で僕なりに書くことができたからです。

僕は、ほんの少ししか話せませんが、心の中では普通の人と同じように怒ったり喜んだりしています。

見かけだけでは分からない、僕の心の中をいつもみんなに知ってほしいと思っています。

序章　いちばん好きな作品

夏の終わりに

2004年　おはなしエンジェル子ども創作コンクール　最優秀賞
（くもん出版主催）

せみが鳴いている。
健一は、道ばたに落ちているせみを拾いながら、
「今年の夏は暑かったな」
と、つぶやいた。
夏の終わりは、いつも同じだ。ひまわりはかれ、せみの鳴き声は小さくなり、ぼくは宿題におわれる。
そう思いながら、健一がせみをもとの場所にもどそうとした時、せみの足がぴくっと動いた。
せみが言った。
「どうせ、おれが死んだと思っていたんだろ。これだから人間は困る」
健一はおどろいて、せみをじっと見た。
「君、話せるの」
と、健一が言った。
「当たり前だろ。そんなことより、今日は何日だ」

せみがたずねた。
「八月三十一日だけど……」
健一が答えた。
「今日は、さようならの祭りの日だな。そろそろ緑原へ行くか」
せみは羽を広げ、健一の手から飛んでいった。
健一は、さようならの祭りって何だ。と、思いながら、せみの後を追った。
そこは、健一が昔遊びに来たことのある、ふつうの原っぱだった。
あのせみは、どこだろう。と、探していると、虫取りに来ていた子供達に、つかまっているのがわかった。
健一は、持っていたチョコレートとせみを交かんしてもらった。
「ふう。助かったぜ。お前は、いいやつだな。さようならの祭りを見せてやるから、夕方まで待ってな」
せみはそう言うと、原っぱの一番高い木のてっぺんに、飛んで行った。
ミーン。ミーン。ミーン。
楽しそうな鳴き声が、聞こえてくる。
健一は、そこに寝ころんだ。そよ風が気持ちいい。
「もうすぐ、夏も終わりだな」

健一は目を閉じた。

ガッコ、ガッコ、と音がする。

健一は、目を開けた。目の前には、原っぱの一番高い木を囲んで、丸い輪が宙に浮いていた。丸い輪は、何百何千という数の、せみが集まったものだった。せみたちは飛びながら、自分が出せる一番低い声で、鳴いていた。

ガッコ、ガッコ、ギッコ、ギッコ、レッコ、レッコ。

せみたちの声は、次第に高い音になり、最後に、丸い輪のせみたちが花火のように、あちらこちらに飛んでいった。

あのせみが、健一の所にもどって来た。

「今年の夏は、最高だったぜ。お前が最後の友達だな」

せみはそう言うと、地面にぽとりと、落ちてしまった。

健一は、手のひらの上に、そっとせみをのせた。せみは、二度と動かなかった。

「さようならの祭りを見せてくれて、ありがとう。君は、この夏一番の友達だったよ」

健一は、せみを原っぱの一番高い木の下にうめた。

(このせみにとっては、最初で最後の夏だったんだ)

健一の胸に、熱いものがこみあげてきた。

「ぼくの夏は、まだ終わっていない」
健一は、そうさけぶと、夏の夕日に向かってかけだして行った。

12歳（小学6年生）

序章　いちばん好きな作品

健一は、何をせみから教えられたのでしょう。
それは、すべてのものには終わりがあるということだと思います。
自閉症という障害をもっている僕は、小学校5年生位になると、クラスのみんなに追いつくことが目標でしたが、この作品の中での「ぼくの夏は、まだ終わっていない」と言う健一の言葉は、僕自身の心の叫びです。
僕にとって明日という言葉は、自分の力で切り開いていかなければという決意が込められています。

僕は現在、特別支援学校（旧養護学校※）中学部3年生です。
これまで僕が書いたものの中から、僕の小学校時代を振り返ることにします。

※編集部注

夏の終わりに

東田 直樹

せみが鳴いている。
健一は、道ばたに落ちているせみを拾いながら、
「今年の夏は、暑かったな」
と、つぶやいた。
夏の終わりは、いつも同じだ。ひまわりはかれ、せみの鳴き声は小さくなり、ぼくは宿題におわれる。
そう思いながら、健一がせみをもとの場所にもどそうとした時、せみの足がぴくっと動いた。
せみが言った。
「どうせ、おれが死んだと思っていたんだろ。これだから人間は困る。」
健一はおどろいて、せみをじっと見た。
「君、話せるの。」
と、健一が言った。

「夏の終わりに」の原稿

第一章 お母さんの愛情が僕を救ってくれました

お母さんと通った普通学級

　普通の小学校に通うことは、僕にとって夢でした。自閉症の僕が、地元の小学校に通えることになり僕がどんなに嬉しかったか、とても言葉では言い表せません。
　僕はお母さんと一緒に小学校に通うことになります。これは、6年生で養護学校（現特別支援学校※）に転校するまで続きました。僕はひとりではきっと、学校生活に耐えることができなかったと思います。僕の言動がみんなに迷惑をかけていることも辛かったし、何より自閉症という障害を僕自身が受け入れられなかったからです。
　お母さんは僕を心から応援してくれました。その愛情が僕を救ってくれたのです。次の作品は、お母さんのことを書いた作品です。

※編集部注

第一章　お母さんの愛情が僕を救ってくれました

お母さんといっしょに

2001年　「母をたたえる作文集」　千葉県知事賞
（財団法人千葉県母子寡婦福祉連合会主催）

おかしいと、おもわれるかもしれませんが、ぼくは、お母さんといっしょに学校にかよっています。
「とても、たいへんね」
と、みんながいうけれど、お母さんはいつもにこにこして、わらっています。
どうして、わらっていられるのでしょう。
たいへんなとき人はおこるのに、わらうのには、りゆうがあるのではないでしょうか。
りゆうはぼくにあると思います。
ぼくがすこしでもよくなることを、おかあさんはずっとしんじています。
かなしいけれど、ぼくはみんなとはすこしちがいます。心で思うことと、ことばやたいどが、おなじにはなりません。おなじでないということが、どんなにくるしいことか、みんなにはわかってもらえません。
はなしたいことがあっても、はなそうとすると頭の中がまっ白になって、気持ちがあせってこんらんします。ことばは頭の中からきえて、こまらせてしまうく

21

らい、おかしなこえがでてしまいます。みんなはぼくが、わざとやっているとか、どうせわからないからと、赤ちゃんみたいにあつかいます。とてもくるしい心は、おしつぶされそうになります。かなしくてどうしようもなくなると、泣いて泣いて、ぼくは大あばれします。とにかく泣いて心をかるくしなければ、ぼくはへんになってしまいます。こんなに体が大きくなったぼくを、小さいお母さんが、しっかりとだっこしてくれます。

ぼくはお母さんをたたいたり、かみをひっぱったり、ひどいことばかりやります。

お母さんは、やさしい目でずっと、ぼくをだいてくれています。これはとてもたいへんで、気がつくといつも、1時間いじょうたっています。だっこされるのは赤ちゃんだけだと、みんなは思っています。だっこなんかで、よくなるはずないというでしょう。やったことがない人には、わかりません。心をくるしめているものは、自分の力でとりのぞかなければなりません。お母さんは、それをささえてくれます。

つらいときは、お母さんもつらそうなのに、いつもおわったあとは
「なおちゃん、すっきりしてよかったね」
と、うれしそうにいってくれます。

第一章　お母さんの愛情が僕を救ってくれました

こんなこともありました。いい子になれないぼくが、
「もう、なんにもしたくない。だれにもわかってもらえない。ぼくなんか、いてもしょうがない」
と、くやんでいると、それまでにこにこしていたお母さんはおこって、
「そんなこといわないで。だれにもわかってもらえなくても、お母さんはわかってる。みんなもそのうち、わかってくれる。いてもしかたのない人なんか、よの中にはいない」
と、いってくれました。
とても、うれしいのは、ぼくをしかるだけではなくて、なんでもできるまでいっしょにれんしゅうしてくれることです。
なんでもといっても、みんなが思っているようなことではありません。
ぼくには、わかからないことが、おおすぎるのです。
みんながならんでいるとき、
「うしろについて」
と、いわれても、うしろの人がよこをむくと、どこがうしろなのかわかりません。せつめいされても、りかいできないのです。
ことばでしじされても、どうやればいいのか、どうしてもうごけないのです。

ことばはわかっています。でもそれが、うごきにつながらないのです。みんなが、かんたんにやっていることが、ぼくにはとてもたいへんです。でも、お母さんは気づきました。1回きいてもだめ。百回きいてもだめ。千回きけば、できるようになる。それをやるためにも、みんなの中にいなければならない。ほかの人の中には、友だちがやればいい。と、いう人もいます。でも、みんなはまだ、じぶんのことでせいいっぱいで、うごきまわったり、なきだすぼくをおさえられません。

お母さんは、いつもぼくのそばにいて、いまはどうすればいいのか。なにをしじしているのか。気がとおくなるくらいくりかえして、説明します。そしてひとつでもできるようになると、
「お母さんがいったとおり、どりょくすればできるようになるでしょ。いけないのは、どりょくすることをあきらめることだよ。みんなちがうんだから、はずかしいと思ってはだめ」
と、いいます。

このことは、いつもぼくの心にあります。とてもつらいときは、人の気もちもくらくなります。まい日そばにいてくれることで、いまのぼくは、学校に行くことができています。みんなにばかにされたり、からかわれたりするときには、お

24

第一章　お母さんの愛情が僕を救ってくれました

母さんがさりげなくたすけてくれます。先生も、みんなと同じようにぼくにやさしくしてくれます。

こまったときには、いつもいつもたすけてもらうことで、みんなの中で人を好きになっていけるのだと思います。

ぼくが思うことは、やさしさというのは、何人の人にやさしくされたかではなくて、ひとりの人でもいいから、どのくらいやさしくされたかということが、とても大切なのだとかんじています。

いつもわらっているお母さんは、たいへんなことをかくしているのではなくて、やさしいというのがどういうことかを、ぼくにおしえてくれているのです。心は見えないけれど、見えるえがおで、生きることとやさしさを、ぼくにおしえつづけています。

8歳（小学2年生）

僕は、お母さんがいてくれたおかげで頑張ることができました。お母さんは僕にとっての光です。
「海の中には」は、みんなと同じ世界で生きていきたい僕の気持ちを込めた物語です。

第一章　お母さんの愛情が僕を救ってくれました

海の中には（であったかわいいものたち）

あのなつの日、ひとりの男の子が海を見にいきました。太陽はまぶしく、海にてりつけています。太陽のひかりは、まっすぐに海の中にはいってはいますが、海のおくそこまではとどきません。ひかりはとても困っていました。

「どうしたら海のそこまでいけるのだろう」

ひかりが考えていると、海の上をとてもきれいな小さな魚たちが、およいでいました。

海の上をまるでダンスするかのように、ユラーリ、ユラーリ。とてもゆうがでたのしそうです。ひかりはじっと、みつめていました。このとき、いいことをおもいつきました。

「ひかりだから、海のおくにはいっていけないんだ。ひかりをとても小さなつぶにして、この海の中にとけていこう。海の中には小さな生きものたちが、たくさんすんでいる。みんなの心にひかりがとどけば、どれだけ明るくなるだろう」

そういうと、ひかりはけっしんしました。

すじのようだったひかりが、きゅうに雨つぶのようにとびちりました。とびち

りながら、ひとつぶひとつぶが、海の中にとけていきました。
海の中にはいると、つぶはじぶんのすきな海の中で、まるでねむっているみたいです。
魚や海そうは、どれもまっくらな海の中で、まるでねむっているみたいです。
「海のおくの生きものたちは、なにもすることがなくてさみしいんだ」
と、ひかりのつぶはかんじました。
「どこかにこの生きものたちがすむところがないものだろうか」
と、ひかりのつぶがかんがえていると、この海のぬしがあらわれました。
ぬしはとても大きく、目は三つもあり、かみのけはぎんいろにひかって、まるでオニアンコウのばけものみたいでした。
「ここの海には、かなしいこともつらいこともない。ぬしはいいました。
ひかりをひつようとはしていない。この海からでていけ」
と、おこりました。
ひかりのつぶは、すこしさがっていいました。
「しあわせというものは、心がくるしくないことではありません。くるしくてもかなしくても、みんなにひつようとされることが、ほんとうのしあわせです」
こういうと、ひかりのつぶは、オニアンコウのようなぬしのあたまの上にのりました。

28

第一章　お母さんの愛情が僕を救ってくれました

ぬしはびっくりしました。こんなじぶんにちかづくものは、いままでだれもいなかったからです。そしてうれしくなりました。ひとりでいるより、ひかりのつぶといたほうが、あん心できたからです。
「これがしあわせというものか」
ぬしはあらためて思いました。そしていいました。
「この海にすむものたち。しずかなくらい海にすむのはやめて、すきなところにいきなさい。心にひかりをもちなさい。しあわせはきっとくるから」
こういうと、海のむこうにきえていきました。
海の生きものたちは、とまどいました。
つぎつぎとおりてくるひかりのつぶをみて、とてもかんどうしました。
「みんながぼくたちをまっていてくれる」
そういうとそれぞれが、ひかりのつぶといっしょにおよいでいきました。
みんなしあわせでした。
どこにいっても、生きものとひかりのつぶはいっしょで、もうさみしくはありません。
いつもしあわせで、おたがいがひつようでした。
あのなつの日、すてきな海を見ていました。

きらきらかがやくなみの下で海の生きものたちがいきいきと、およいでいました。

その海を見て男の子は、心がかるくなりました。

「みんなとてもがんばっている。こんどはぼくのばんだ。ひとりではないことをわすれないように生きていこう」

こういうと、いまきたみちをもどっていきました。

7才（小学1年生）

オニアンコウのような海のぬしは、仲間のことを守ってあげたかったのです。けれども、生き方を決めるのは、ぬしではなくて、自分たち自身なのです。守られて生きることは、周りから見れば幸せそうに見えるかも知れません。海の仲間はそれぞれに居場所を探しに出かけます。それは、悲しい結末になるかも知れませんが、僕はみんなを応援して欲しいのです。

第一章　お母さんの愛情が僕を救ってくれました

ひとりぼっちだった僕

　僕は、普通学級で何とかみんなの中でやっていこうと思いましたが、実際はみんなが簡単にやっていることもできず、落ち込む毎日でした。周りの友達から、からかわれたり、笑われたりしました。僕のめんどうをみてくれる友達はいても、みんながとても偉く感じて、僕はだめな人間だと思っていました。
　どうして僕はみんなのようにできないのだろう、だんだん毎日が僕にとって辛いものになってきました。
　僕は、みんなといてもひとりぼっちでした。
　次の作品は、僕の孤独な心を埋めたくて書いた作品です。

第一章　お母さんの愛情が僕を救ってくれました

雪ん子

みんなは雪が冬にふると思っているでしょう。雪はさくさくと、なりますね。

じつは雪は春にふるのが本当なのです。

雪ん子は雪の国の男の子です。

雪の日　空からまいおりた
小さな子供は雪の中　はしっていくよ　みし　みしり
遠くの山も見てきたよ
ぼくらの国は　雪の中

こな雪の日でした。

雪ん子は、人間の子供とはちがいます。まっ白い顔に、2本指。体は小さく、足はなし。ひとみのおくには、ふたつの星。神が教えてくれるのは、聞けない音と見えないあした。

悲しみは、突然やってきました。

本当の冬。それは、みんなのまわりでおこりました。

その日は大雪でした。

こな雪、ぼた雪、ざらめ雪。雪はいつも、いろんなすがたを私達に見せてくれますが、人は、雪が思うほど、雪のことを好きではありません。雪といえば、生活に困ることばかりで、よろこんでいるのは、小さな子ども達と雪ん子だけでしょう。

雪ん子は、困っていました。
「どこにも行く所がない」
寒いのは平気でした。でも、とてもさみしいのです。人知れず、野山を歩いていると、空にも、地面にも、自分の友達は見あたりません。鳥には羽があって自由に空を飛べるし、山の動物達には、4本足があって、大地を好きなだけかけまわることができます。雪ん子は歩くといっても、雪の上を、みしり、みしり、のんびりうごくだけで、一度まいおりると、二度と空にはもどれません。大雪の中、うごきまわるだけで、気持ちがしずんでしまいました。
——どこかでしばらくじっとしていたい——
雪ん子は、うずくまりました。
聞こえてくるのは風の音ばかり。
ヒュー。どこまでいっても、ピュル、ピュル、ピュル、ヒュー。ピュル、ピュル、ピュル、ピュル、ヒュー。
「雪の音は、聞こえない」

第一章　お母さんの愛情が僕を救ってくれました

　雪ん子は、つぶやきました。
　雪がふるには、雲がひつようです
　雲の上には、空がひろがっています
　——空に行けば、雪の音が聞けるのかな——
　雪には、なぜ音がないのか、雪ん子はふしぎに思いました。
　上を見上げているうちに、二つの目の中は空からふってきた雪で、いっぱいになりました。雪はつぎつぎおちてきては、ほわん、ほわんと、とけてゆきます。
　ひとつひとつとけてゆく中で、目の中の雪は、なみだのようにながれてゆきました。
　なみだのような雪が、地面のつもった雪の上におちました。
　ぽろん、ぽろん、ぽろん。
　なみだのような雪は、雪でなくなったとき、はじめてうつくしい音を聞かせました。
　じっと耳をすましていた雪ん子は、
「雪の音って、これなの」
と、いいました。
　なみだのような雪が、ぽろんとおちるたび、地面には、小さな丸いあなができ

ました。ぽっぽっと丸いあなができるたび、さみしさは少しずつきえてゆきました。
　少し元気になった雪ん子は、また歩き出しました。
　山の中腹まできたところで、雪ん子はだれかがついてくるのに、気づきました。
　その子は見たこともないかっこうをしていました。
　きなりのシャツに、古ぼけたズボン。くつもはかずにはだしで、おいかけてきます。
　雪ん子は、じっとその子を、見つめました。
「どこに行くの」
　その子はいいました。
　——どこだろう——
　雪ん子は、どこにも行くところがないことをいえませんでした。
　その時、その子が泣いているのに、はじめて雪ん子は気づきました。
「なぜ泣いているの」
　雪ん子は、たずねました。
「ぼくは、みんなとはちがうの。だから、いっしょにはいられない。ぼくは、ひとりぼっちになった」
　どこがちがうのか、雪ん子にはわかりませんでした。

第一章　お母さんの愛情が僕を救ってくれました

――困っているのは、ぼくなのに――
しばらくの間ふたりは、じっと立っていました。
どれくらい、時間がたったでしょうか。
ふりつもる雪が、その子の足首までつもったとき、雪ん子がいいました。
「山のふもとに行ってみる」
と、その子は、とまどったようにいいました。とにかく、その子ははだしだったので、そのままじっとしてもいられず、とりあえず雪ん子の後ろについて歩き出しました。
「このまま行くと、村についてしまう……」
ひとりごとのように、その子がつぶやきました。
――みんなのつめたい目に、たえられない――
そう思うと、何もかもいやになって、なみだが出ていた雪ん子は、それを見ていた雪ん子は、
「雪の上を見てごらん。なみだがおちたあなの数だけ、気持ちが楽になっているから」
そういわれて、その子は目をあけて足元を見て見ました。たくさんのあなが

37

いていました。あなのあいた雪の上だけ、いろが黒くかわっています。白い雪の上に黒いてんてん。
「てんとてんをむすぶと何に見える」
と、その子がうつむきながらいいました。
「カシオペア座だ」
「ほんとうだ。まるでひるまの星空だね」
そういって、星の見えない空を見上げました。雪ん子もいっしょに空を見上げました。
雲の中から、雪はつぎつぎとまいおりてきます。
——この中からぼくは生まれたんだ——
そう思うと雪ん子は、とてもうれしくなりました。
ふたりはまた、歩きだしました。歩きながら、いろんな話をしました。雪ん子は、雪の美しさについてかたりました。その子は、村や学校のことを話し、雪ん子は、そうしているうちに、夜になってしまいました。
村につきました。
村の家々には明かりがついて、楽しそうな声がきこえてきました。
雪ん子は、村に来るのははじめてで、見るものすべてめずらしいものでした。

第一章　お母さんの愛情が僕を救ってくれました

「とてもいい所だね。人はこんなあたたかい光の中で、生活しているんだね」
雪ん子のことばなど耳にはいらないようすで、その子はまわりにだれかいないか、気にしていました。
一番大きな通りにでたとき、その子は気づきました。だれもいなかったのではなかったのです。みんな見ていました。家の中から、木のかげから、へいの後ろから。目という目がこちらにむいて、つきささるようなしせんをなげかけていました。

——やっぱり——

ことばにできないような気持ちで、その子は立ち止まりました。すると、待ちきれないように他の子も、どやどやかけよってきました。
「その子はだれ」
村の子は、じっと雪ん子の方を見ながら言いました。思いがけないことに、村の子供の一人が、話しかけてきました。
「変わってる。どこから来たの」
「こんなへんな子見たことない」
「なんでいっしょにいるの」
口々にそういいながら、さわったりのぞきこんだりするのです。

39

もうだれも、その子を見てはいませんでした。今までどうして自分が一人だったのか、のけものにされていたのか、その子には、りかいできませんでした。
　雪ん子は、みんなの中でひとりぼっちになっていました。
「ぼくは、へんなんだ」
　だれにも聞こえない、小さな声でいいました。心がしぼんで、体中の力がぬけました。もう何も考えられません。
　──どこかへ行ってしまいたい──
　そう思ったしゅんかんに、見たこともない強い光が、雲の間からさしこんで、雪ん子の上にふりそそぎました。雪ん子は、光につつまれました。その体は、金色に光り、生まれる前の雪のけっしょうにかわっていました。けっしょうは、光の中を上へ上へとのぼっていきました。
　みんな目を見はりました。いったい何がおこったのか、だれにもわかりませんでした。
　その子は、雪ん子がいなくなるのをさとりました。
「友達なのに行かないで」
　そうさけぶと、光にむかってかけだしました。その子は、光の中へとびこみました。光はその子をやさしくつつみこみました。

第一章　お母さんの愛情が僕を救ってくれました

光の中、その子の手の上には、雪のけっしょうがありました。そのけっしょうは、とけずにゆうらり、手の上でゆれているようでした。手の上はつめたいはずなのに、小さなろうそくの火のように、あたたかでした。

光につつまれたその子は、ふしぎな気持ちでした。

——雪ん子は、ここにいる——

そう思いました。

光はだんだん、うすくなっていきました。気がつくと、その子も雪のけっしょうも、見えなくなっていました。

村の人達は、ただ立ちすくんでいました。はじめておたがいのことを、見つめ合いました。

その目の中にやさしさはなく、表情はつめたさをものがたっていました。みんなはずかしさで、いっぱいになりました。こうかいの気持ちが、村ぜんたいにひろがったときです。とつぜん、雪がとけだしました。雪は水にかわることもなく、すべて雲にすい上げられてしまったのです。村の空気は、まるで氷の中にとじこめられたように、つめたくなってしまいました。みんなおびえました。悲しみの中で、本当の冬がやってきたことを知りました。

もう、だめだ。とだれもが思ったとき、どこからか、雪ん子の歌が聞こえてき

41

みんなは知らない　ぼくたちを
雪の世界は　雲の中
雪は　みんなと生きている
春を　まっているならば
雪をさがしてみてごらん
ぼくらが春をつげるのさ
さく　さく　さくは　花が咲く
さく　さく　さくと　冬を裂く

　その歌が終わると同時に、村全体にあたたかい日ざしが、ふりそぎました。日ざしをうけた村は、春そのものでした。小鳥がさえずり、花々は咲きほこりました。山は緑の木でいっぱいになり、動物達はうれしさのあまり、とびはねました。春は人々の気持ちも楽にしました。みんなちがっていいのです。それがわかったとき、みんなは冬を愛し、雪を愛し、人を愛するようになったのです。

8才（小学2年生）

第一章　お母さんの愛情が僕を救ってくれました

雪ん子は、誰なのでしょう。

雪ん子は、僕かも知れないし、あなたかも知れません。

人は時には優しく、時には残酷です。どうして僕を見るのか、笑うのか、怒るのか、僕にはわかりません。人が恐ろしいのです。

感じるままに生きていきたいのに、それでは人として生きる価値がないと言われます。

なぜ、みんな同じがいいのでしょう。

はみだしながら地球のすみっこで生きる僕にとって、冷たい冬の季節が、早く終わって欲しいと願っていました。

雪ん子は、春を残して空に帰って行きます。

同じ思いを残して天国へ帰って行った仲間に、この作品をささげます。

僕の家族

　僕にとっての毎日はとても大変なものでしたが、もちろんそれだけではありません。毎日の生活の中で、楽しいことや嬉しいこともありました。特に家族は僕のことを大切にしてくれました。色々な所に遊びに連れていってくれたり、勉強を教えてくれたりしました。ひとりの人間として、いつも僕の成長を喜んでくれました。家族といる時は安心できましたが、相変わらず僕は逃げることばかり考えていました。

　けれど、必死で僕のことを育ててくれる家族を見て、この場所で頑張るしかないと思うようになりました。

　家族は、僕にとって全てです。こんな僕を受け入れ愛してくれる家族の一員として、自分の役割を果たして生きていきたいのです。

　「ぼくたちの青い星」は、僕の家族をモデルに書きました。僕の家族はこんな家族です。

第一章　お母さんの愛情が僕を救ってくれました

宇宙ふれあい塾2001全国小・中学生作文絵画コンテスト　千葉県立郷土博物館最優秀賞

（財団法人日本宇宙フォーラム主催）

ぼくたちの青い星

　それは、宇宙旅行が原因だった。
　「宇宙には、これだけたくさんの星があるのだから、地球よりももっと、人間が住みやすい星があるにちがいない」
　そう思った国のえらい人たちは「新しい星さがしの旅」にさんかする家族を募集した。
　ぼくの家族は、スポーツ万能のお父さん、おっちょこちょいのお母さん、しっかりも者のお姉ちゃんに、ちょっとまぬけなぼくを合わせた4人だ。
　ぼくらは、人類の未来をさがすためにえらばれ、こうだいな宇宙へと旅立った。
　まず、最初にぼくらが見つけたのは、小さなコンペイトウのような黄色い星だった。
　とんがった山の上に、宇宙船は不時着した。
　お父さんがはりきって、あたりを見わたすと、そこには見たこともない巨大なサボテンが、こちらをにらむようにたっていた。
　「こんにちは」

と、お母さんがあいさつをした。お姉ちゃんは、図鑑でサボテンの種類をしらべている。よく見てみると、そこらじゅう地面いっぱいサボテンがそだっていた。サボテンの回りには、一本足のタコみたいな生き物や、くるくる回る星の形の花が、サボテンに守られるように、生息している。
「みんな幸せに、しずかにくらしているよ」
と、お父さんが言った。ぼくは、
「じゃましてごめんね。さようなら」
と、言ってお姉ちゃんと、手をふった。
　宇宙船に乗って、次の星をさがした。
　二番目に見つけた星は、おおぐま座の中にある星だった。宇宙船が近づくと、その星は白く光った。宇宙船からは気づかなかったが、その星は、回りの星のエネルギーを利用して、活動しているらしい。その星には、山も海もなく、ただ白い大地が広がっているだけだった。ぼくたちは考えた。いくら土地があっても、自然のない生活はむなしい。だれも何も言わなかった。
　宇宙船は、次の星を見つけるために出発した。
　三番目の星は、銀河系のはしにある、小さな赤い星だった。赤い星の宇宙人は、

第一章　お母さんの愛情が僕を救ってくれました

見かけはぼくたちとちがい、手足が三本ずつあり、昆虫みたいだったが、笑顔でぼくたちをむかえてくれた。
「ようこそ、あらそいのない国へ」
中へあん内されると、そこにはこの国のきまりが、小さい字でかべいっぱいに書かれていた。
お父さんはうなずいた。
「これを守れば、けんかはない」お姉ちゃんは、メモしながら、
「さっそく、おぼえなくっちゃ」
と、言った。お母さんは道をまちがえ、すでに注意されていた。
ぼくらは、しばらくその星に、たいざいすることにした。
みんなはすぐなれたが、まぬけなぼくは、やることがいつもずれて、宇宙人かららは、
「プカプカ　ボーイ！」（つかみどころがないかららしい）
と、よばれて、からかわれていた。
この星では、何をするのもいっしょで、おどろいたことに、笑うのも怒るのも泣くのも、みんなで合わせてやっていた。
最初、これが理想だと思っていた家族も、だんだんつかれてきた。あらそいご

47

とはないけれど、自由もない。
「こんなのへんだよ。ちっとも楽しくない」
思い切ってぼくが言うと、みんなもうなずいてくれた。
ぼくらはふたたび、宇宙船に乗りこんだ。
そこには、宝石のように美しくかがやいている、無数の星たちがまたたいているゆたかな自然や心の自由、自分たちのいい場所は、地球でしか見つからない。どの星もそれぞれいい所がある。けれども、ぼくたちがもとめている、ゆた
「地球へ帰ろう。あそこが私たちの理想の星だ」
と言って、宇宙船のスイッチをお父さんがおした。お姉ちゃんは、
「これから私たちが、住みやすい地球をつくればいいんだわ」
と、植物の本をひろげた。
写真をパチパチとっていたのは、お母さんだ。
「宇宙って広いのね。まだまだ知らないことが、たくさんあるわ」
ぼくはと言えば、地球に帰ったらすぐに海へ行って、本物のプカプカボーイになることばかり考えていた。

9才（小学3年生）

第一章　お母さんの愛情が僕を救ってくれました

家族旅行にて　（9才）

「僕たちの青い星」の原稿

文字盤のアルファベットを1文字ずつ指しては、
原稿用紙に1文字ずつ、書いていきました。

僕の愛する自然

僕を支えてくれたもうひとつのものは、自然でした。僕は、これまでずっと自然を自分の友達だと思って生きてきました。自然はどんな時も変わらずに僕を受け入れてくれたからです。話もできずにただそこで一生懸命生きている。そのことが、僕には自分の仲間を見ているようなのです。

僕は、悲しいとき嬉しいとき、必ず山と空を見ます。言葉で話さなくても、自然は僕の心を優しく包んでくれます。この地球の上には、生きているだけで心が通じ合える仲間がいる。僕は自然から元気をもらえました。

自然が僕に教えてくれたメッセージを、僕は大切にしていきたいのです。

第一章　お母さんの愛情が僕を救ってくれました

キャンプへ行こう

この夏ぼくは、内浦山県民の森でキャンプをしました。ひろびろとした森の中で、しずかに時間がすぎるのは、とてもいい気持ちでした。昼すぎにとうちゃくして、ぼくたちはすぐテントをはりました。テントをはるために、ペグをかなづちでうったり、シートをひろげたり、自分の家を自分たちでつくるのは、とても楽しい作ぎょうです。できたテントに入ると、何もないテントの窓から、森の木や草が見えて、まるでひみつのほらあなに、き地をつくったようでした。八人用のテントは、すごくせまく感じました。みんなが外で食事の用意をしている時、ぼくはテントの中で、あそんでいました。テントの中では、ぼくの声がほかの人の声のように聞こえ、なんだかカエルの合しょうのような感じで、すごくおもしろかったです。夕食はバーベキューでした。お肉や野菜をやいて、おなかいっぱい食べました。外でごはんを食べるのは、とてもすてきで、おいしい空気をすいながら、きれいなけしきを見て、鳥や虫のなき声を聞くと、

この世の中すべてが自分のものになりそうで、何だかこわいです。お日さまがしずむと、森は神様の時間のようにしずかです。森は山のかげだけになって、木も草もさみしそうにねむります。

かなしいのは虫の声です。

みんながねむりにつくのに、チロチロチロと、ぼくたちに話しかけます。ぼくが歌をうたうと、少しだけ聞いてくれますが、すぐにおこってしらんかおで、また虫たちのチロチロチロがはじまります。

虫はきっと、人間がきらいです。

いつもかってに自然をあらして、うるさい音を出すのが、ゆるせないのでしょう。虫は夜の間ずっとないて、ぼくたちをしかります。こまったぼくは、ひとばん中ねむれずに、

「ごめんね、虫さん」

と、つぶやいていました。

朝がくると、まちにまったように、森がうごき出します。

すごく楽しくて、みんなが青い空にむかって、手をさしのべます。ぼくも

「きょうも、いい天気」

えがおがです。

第一章　お母さんの愛情が僕を救ってくれました

キャンプは、自然の中で自分たちが、木や鳥や虫のことをよくしるチャンスです。
「キャンプへ行こう」
来年もまた、ぼくはいい朝をむかえるために、キャンプに行きます。

9才（小学3年生）

自然の中でくらしたい

ぼくらが大人になったとき、きっとこんなくらしになると思います。森の中に家があって、家にはかべややねがありません。家というのは、人間のためにあるものだから、しぜんといっしょに生活するみらいでは、すべてが木や石や実でつくられています。「雨や風の日はどうするの」と思うでしょう。とてもいいことに、そのときには雨や風の苦手なものたちは「お日さまの国」へいどうするのです。そこは、青いドームでできていて、いろんなしゅるいのくだものが、手にとどくはんいにうえられています。ドームには、鳥たちは自由に出入りできて、いつでも楽しいさえずりがきこえます。どんな人もなかよしで、ことばがちがっても、話ができるきかいをもっています。「心がやさしくなれるせかい」がみらいのくらしです。国はせかいに一つで、みんながあい手のことを思いやっています。

9才（小学3年生）

21世紀☆みらい体験博「未来のゆめ」小学生低学年の部　大賞
（「21世紀☆みらい体験博」実行委員会主催）

第一章　お母さんの愛情が僕を救ってくれました

> 高学年になって考えたこと
>
> 　小学校の高学年になって、僕はどんなに頑張っても普通の人のようにはなれないことに気づきました。普通の人がうらやましいと思う反面、みんなの考えていることに違和感を感じ始めたのです。自閉症の世界の居心地の良さを僕は知っています。そのことをみんなにもわかってほしいと思うようになりました。その頃の気持ちを作文に書いたものです。

言葉

話せることは、ぼくにとって、ずっとあこがれでした。声が出せるのに、自分の思いどおりに話せない人間なんて、いったいどの位いるのでしょう。

話すことでみんなは、相手のことを知ることができます。話すことで出たことばが、その人のすべてなのです。自分のやりたいことを、伝えられます。話すことができないということは、頭が悪くようで、なんにもわかっていないのと同じに思われることなのです。自分をあらわす方法がないのだから、しかたありません。苦しくなってあばれると、

「いやなんだ。やりたくないんだ」
「がんばって、がまんしようね」
と、言われます。

ぼくは、心の中でさけびます。
（ちがう、そうじゃない。ぼくはみんなのようにやりたいのに、しゃべれないのがつらいんだ。どうしてぼくは、みんなとちがうの）
どこへも行き場のない気持ちでぼくは、悲しくなります。病院へ行ってもどこ

第一章　お母さんの愛情が僕を救ってくれました

へ行っても、ぼくはなおりません。だれからもわかってもらえない、ということは、ぼくは世の中で生きていても、死んでいるのと同じです。みんなの所にはいるけれど、決してみんなのようにはなれません。思ったことを自由に話して、自分の意見を発表することは、ありえないのです。
　すごくつらくてみじめな時も、おもしろくて楽しいときも、ぼくの言葉はそれを、人に伝えてはくれません。
　たくさんのことばは、いったいどこから出てくるのでしょう。思ったことが、すぐ言えるというのは、どういう感じなのでしょう。
　今までぼくが感じた中で、みんなとぼくとのちがいが、いくつかあります。
　ぼくは、音にびんかんです。まわりから聞こえるどんな音も、気になります。遠くの音も近くの音も、自分に関係のあることも、全部が同じなのです。
　だからなのか、少しはなれて声をかけられてもわかりません。近くで「直ちゃん」と、よばれたらわかるかというと、それもちがいます。うまく言えませんが、よばれていることに気がつかないのです。
　おかしなことばなら話せます。同じことをいつも質問したり、決まったとおり答えることです。自分の意志とは関係なく、声が出ることもあります。突然のさけび声や笑い声、歌や勝手な一人言です。みんなはぼくが、わざとやっていると

思ったり、なぜやるのか理由を考えたりします。意味なんてないのです。自分でやっている感覚がまるでないのです。ぼくは、はずかしくて、いたたまれなくて、逃げ出したくなります。

みんなが楽しそうに話していることが、ぼくには、おもしろいとは思えません。ゲームや遊びのこと、友達をからかったりうわさ話をしたりすることです。ぼくにとっては、砂や葉っぱと遊んだり、アルファベットや漢字を書いている方が楽しいのです。

みんなとはちがう所が多いかもしれませんが、ぼくはみんなといたいのです。ぼくのことをわかってほしいと思うし、みんなのことを知りたいと思います。言葉は気持ちを伝え合う手段の一つだと思いますが、それは、言葉だけではありません。ぼくはクラスにいて、みんなのじゃまをしたり、たたいたりすることもあります。スポーツはできないし、何をするのにも、いちいち言われないと、出来ません。言われても、出来ないことが、たくさんあります。それでもみんなといっしょがいいのです。なぜなんだろう、と思われるかもしれません。それは多分、そうすることで、みんなが人というものが、みんないっしょではないと、わかるからです。ぼくもみんなも、ひとりひとりがちがってもいいのです。苦しんだり喜んだり、おたがいにみとめ合うことが必要です。クラスのみんなは、とてもや

第一章　お母さんの愛情が僕を救ってくれました

さしいです。ぼくもそのやさしさに甘えすぎず、言葉がいつかぼくにとって、最高のコミュニケーションの道具になるよう、訓練を続けたいと思います。

10才（小学4年生）

僕の鼓笛隊、リコーダー

リコーダーをやる時、みんなはどこを見ますか。ぼくは、それが全然わかりません。

音を聞くと、その音ぷが目の前で、かわいた空気の中をおどりはじめます。目は前を見ていても、目の中には何も入ってきません。すごく不思議ですが、見えていてもそれがなんだかわからないのです。

音が終わると、やっと目が働きだします。

みんなは聞いている時にも、ちゃんと見ている気がします。動きながら見るというのは、ぼくにとっては、とてもむずかしいことでした。

運動会で鼓笛隊をやることは、ぼくのあこがれでした。でもそれはものすごいプレッシャーでした。演奏しながらの行進どころか、リコーダーだけでもとてもむりだと思いました。ずっと不安で、一人できないすがたを想像しては、にげ出したい気持ちでいっぱいでした。

運動会の練習が始まって、まずリコーダーがふけるように、一生けん命練習しました。なんとかふけるようになり、次に行進の練習です。行進は、足を合わせるのはもちろん、人についていくだけでも大変です。いつどこに行けばいいのか、

第一章　お母さんの愛情が僕を救ってくれました

全くわかりません。人が動くたび、今どこにいるのかわからなくなります。みんなの中でどうしていいのかわからないぼくを、クラスのみんなが、たすけてくれました。背中をおしてくれたり、腕をつかんでくれたりしました。運動会の鼓笛隊でぼくは、とてもうれしい気持ちでリコーダーをふくことができました。一人ではとても出来ないことを、みんながやらせてくれたのです。

10才（小学4年生）

作品の中の僕

僕は「普通」に憧れていましたから、創作する物語の中でも、どこか欠点のある普通の子を主人公にしたお話が好きです。

誰でも失敗はするでしょう。僕は、失敗が気になってこだわりやパニックになることがあります。いつも、失敗を何とかして帳消しにしたいとあがいてしまいます。普通の人にもきっとそういう気持ちはあると思います。

失敗から何かを学ぶことは、僕にはできません。失敗した時の悲しい気持ちや苦しい気持ちがよみがえってくるだけで、どうすれば良かったなんて考えられなくなるからです。

「さとるのあさがお」のさとるのように、何か別の機会にこんなふうにやり直しができるといいなと思います。

第一章　お母さんの愛情が僕を救ってくれました

さとるのあさがお

第22回ほのぼの童話館　ユニーク賞
（GEコンシューマー・ファイナンス株式会社主催）

さっき通った道なのに、さとるはまた迷子になってしまいました。
（どうしていつも、道を覚えられないのかな）
みんなは、知らない道でも一度通れば、まちがいなく歩けるのに、さとるは何回通っても、その道をはじめて通る道のように、感じてしまうのです。
（お母さんが方向おんちだから、にたのかな）
そんなことを考えながら歩いていると、見たこともない場所にたどりついてしまいました。
そこは、おやしきという言葉がぴったりの、大きな家でした。家のまわりを鉄でできたさくで、かこんでありました。さくには、たくさんのあさがおの花が、さいています。
赤や白、紫のあさがおの花は、見てもらえることがうれしくてたまらないかのように、にこにこと力いっぱいさいていました。
「わぁ。すごいや」
五年生のいたずらっ子のさとるは、一年生の時に、はちうえのあさがおを育て

ていましたが、水やりの時手がすべって、はちをわってしまったことを、思い出しました。あの時のあさがおはけっきょく、すててしまっていたのでした。さとるはそれを思い出し、少し胸が痛くなりました。

あさがおは、とてもきれいでした。

丸いラッパのような花からは、楽しい音楽が聞こえてくるような感じがしたし、たくさんの緑の葉っぱは、見ているだけで、森の中にいる気分にさせてくれました。

その時です。あさがおの花が、急にしぼんでしまったのです。それも全部。

さとるは、おどろいてしまいました。

（しぼむ時間でもないのに、どうなっているのだろう）

さとるは、しぼんだ花のひとつを、指でつまんでみました。ふにゃっとしたしぼんだあさがおは、元気がなく泣いているようでした。どうしていいかもわからず、さとるも悲しくなりました。

どこからか、せみのなく声が聞こえてきます。

ミーン、ミーン。

さとるがせみの声を聞いているうち、目の前が、ぐるぐる回りだしました。そして、真っ暗になったかと思うと、その場にたおれてしまいました。

おおぜいの子供たちがいました。みんな笑顔でさとるを見ていました。

第一章　お母さんの愛情が僕を救ってくれました

「どこから来たの」
「いっしょに遊ぼう」
一年生位の小さな子供たちは、わいわいがやがや、さとるのまわりでさわいでいます。何がなんだかわからなかったさとるですが、みんながあんまりかわいいので、
「よーし、おにごっこするぞ」
と、かけだしました。
子供たちは「わーい」と言って、好きな所へにげて行きました。どんどん、どんどん。みんな次々につかまりました。さとるはもうへとへとです。
（あと、一人）
その子は、女の子でした。むぎわら帽子の下から、長い髪の毛がゆれています。もう少しでつかまえられると思った時、その子は風船のように、ふわふわと空に向かって飛んでいってしまいました。
さとるは、どうしていいのかわかりません。女の子は、
「わたし、もう帰らなくちゃ」
と、手をふって笑っています。

だんだんと小さくなっていく女の子を見ながら、さとるは、つぶやきました。
「ごめんね。今度はちゃんとつかまえてあげるから」
夏のまぶしい太陽のひざしが、さとるの目にとびこんできました。さとるは、目を閉じました。
目を開けると、子供はだれもいませんでした。まわりを見ると、あさがおの花は、もと通りちゃんとさいています。
さとるは、あさがおの花をじっと見つめました。あの子供たちは、あさがおのようせいだったのでしょうか。
あさがおの花は、何にも答えてはくれません。
あさがおの花の中に、種になっているのがありました。
さとるはそっと、種をポケットの中に入れました。歩くたび、カサコソ音がします。空に飛んでいった女の子の笑い声に似ています。
(きっと来年、きれいな花をさかせるぞ)
さとるは、そう心にちかいました。
道の向こうに、行ったことのあるお店を見つけました。さとるは、元気いっぱいかけだしました。

12才（小学6年生）

第二章　詩がいちばん好きです

小学生の時に書いた詩から

創作活動の中で、僕は詩がいちばん好きです。詩は僕の思いを表現するのに、ちょうどいいのです。何がちょうどいいのかというと、限られた文字の中で、思いを綴る作業の心地よさです。

詩は、言葉の奥にひそむ感情を読み取ることが必要です。それは、いつも人の話を聞いてばかりの僕にとっては、伝えられない思いをわかってもらえたような嬉しさがあるのです。

小学生の時に書いた詩の中から、いくつかを御紹介します。

どこかで雨が

どこかで雨が降っている
雨がしとしとと降っている
大粒の雨が　空からおちる
粒はぽとりと音をたてたとき
ぽとりと雨になれるのに
やっと雨になれるのに
気づいた時には　水たまり
雨がどこかで降る時には
じっと空を見てみよう
とても楽しい雨粒の
きれいなダンスがのぞけるよ

　　　　10才（小学5年生）

これが宇宙の風

地上にまいおりて来た
すさまじい　ごう音とともに
これが宇宙の風だ
どんな高い所よりも高くから
宇宙の風はおりて来る
どんな速い風より速く
宇宙の風はまってくる
地面はゆらぎ
木々はさわぎ
雲はいそぎ
宇宙の風をうけとめる
こうだいな宇宙を知らない僕達は
宇宙の神秘に
ただ　おびえるだけ

11才（小学5年生）

第二章　詩がいちばん好きです

僕は風がとても好きです。誰もが、当たり前のように風を感じていますが、小学生の僕にとっては、すごく不思議でした。
風がどうして吹くのか、どこから吹くのか、神秘そのものに感じたのです。
宇宙の風はいつも僕に優しく、仲の良い友達でした。人間の友達は言葉が必要ですが、風はそのままの僕にも、みんなと同じようなさわやかさを与えてくれます。

虫の話

みんなは言う
「虫は苦手」
虫は言う
「人は苦手」
虫と人間が顔を合わせる
「キャー」と　逃げる人間
虫は何も言えない
どんどん逃げる人間
その辺をうろちょろする虫
泣き出す人間
声のない虫
どうしてみんな虫が嫌い

10才（小学5年生）

第二章　詩がいちばん好きです

> これは、僕を虫にたとえて書いた詩です。
> みんなは、虫が怖いですか？
> 実は、虫だってみんなのことが怖いのです。
> 怖いというのは、相手のこと良く知らないからです。知れば、きっと僕らは仲良くなれるでしょう。

蓑虫

たくさん着なくちゃ
春は　まだまだ
こんなに風がふいているんだから
蓑虫の空は　小さな青い点だけ
どこかの虫が　のぞいてくれるまでは
蓑虫の春は　当分おあずけ

11才（小学5年生）

第二章　詩がいちばん好きです

僕は、蓑虫(みのむし)に似ています。
誰にも見つからないように、蓑に隠れている時が、いちばん安心できるからです。
けれども、青い空を見ると、少しだけ外に出てみたいと思うのです。
ひとりで出て行く勇気はないけれど、もし誰かが誘ってくれたら、きっと外に出て行ける、そんな思いが込められています。

実りの冬

だるまになって　ずいぶんたつね
雪だるまがささやく
だるまになって　もうどれくらい
のんびりやの熊がたずねる
だるまになるのも　楽じゃない
葉っぱの下で　苦しそうに虫たちがつぶやく
冬はだれもが　少しきゅうくつ
実りの冬は　だれもがしんぼう

11才（小学5年生）

第二章　詩がいちばん好きです

鏡

鏡にうつる僕は　まるでピエロだ
いつも　みんなに笑われる
どこに行っても　ピエロに席はない
目の前の観客は　いつも笑っているけれど
ピエロの目から　涙が消えることはない
ピエロが　歌を歌っても
ピエロが　ダンスを踊っても
ピエロは　悲しいまま
ずっと遠くの鏡の外を
じっと見ているだけなんだ

　　　　　12才（小学6年生）

寂しいカナリア

カナリアは寂しい
ピーピー歌を歌っても
きれいな黄色い羽を見せても
誰もかごから出してくれない
カナリアは寂しい
羽をとられて　死ぬまでは
ずっとかごから出られない
どうしてかごからでられない
みんなカナリアが好きだから
どこかのお家にいてほしい

11才（小学5年生）

第二章　詩がいちばん好きです

みんなは障害者を守ってあげるものだと思っています。
でも、僕はカナリアのように籠の中で、死にたくはないのです。
じょうずに空を飛べなくても、誰にも歌を聞いてもらえなくても構いません。
僕なら、そう思います。

怪獣

指は大きいし
食い意地は張っている
いい気になって暴れていた
お父さんは怒られた
お母さんは叱られた
うまくいけば この世界の王様だったのに
お父さん お母さん
ごめんなさい
恐竜なら良かったのに

12才（小学6年生）

第二章　詩がいちばん好きです

　僕は、両親が人に謝っている姿を見て、いつもすまないと思っていました。
　でも、自分のことでありながら、僕にはどうすることもできないのです。
　本当なら、僕は普通の子に生まれたはずなのに、そうすればこんなにお父さんやお母さんを悲しませることはなかったのに……
　僕は、親孝行な王様ではなく、わがままな怪獣に生まれてしまいました。もし、恐竜の時代なら僕はちゃんとやっていけたのに……

鳥になった日

強風の日
ぼくは鳥になった
ぼくの体は風にのり
ぼくの心に羽がはえた
大地がぼくをむかえる時に
空がぼくをむかえはなし
ぼくは鳥になったのだ
ひといきの風がぼくをさそう
ひとつまみの雲がぼくとかける
風はぼくの体を持ち上げ
雲はぼくの心を包みこむ
ぼくは鳥になったのだ
空を飛んでぼくは見た
山の木々が笑い
地上の花がうたうのを

第二章　詩がいちばん好きです

緑は小さなくさりとなって
ぼくの視点をくぎづけにし
空は大きなマントとなって
ぼくの手足を包みこむ
上へ上へ　空のかなたへ
地球の入り口が見えた時
ぼくの足が地面についた
鳥になったぼくの足は
ただの人間の足だった

11才（小学5年生）

鳥になりたいと、僕はずっと思っていました。自由に空を飛んで、ひとりで羽ばたいていたかったのです。

僕が、どうして人間に生まれたのかわかりません。人間は悲しい生き物です。笑ったり泣いたりする感情がなければ、僕はこんなに苦しまずに生きられたのに……

この詩は、僕の夢と現実を表現しました。障害を持っている人たちは、こんな風に大空をはばたきたいと思っているのではないでしょうか。

いつかきっと、ひとりの人間として、羽ばたくことが夢なのです。

星影もなし

星影はどこにできる
月影はどこにできる
喜びはどこにできる
苦しみはどこにできる
すべて深い謎のまま
心の闇の中
どんなに 光がさそうとも
すべての光は 闇の中

　　　　11才（小学5年生）

仕事をしました

とてもとても小さな花がしおれています
小さな花はなにもする気がおきません
太陽の光を浴びるのも　水をすうのも　もういやです
「これ以上なにもしない」
小さな花は　決心しました
それから3日たちました
しおれてしおれて　花かどうかもわからなくなりました
そこへ小さなかえるがやってきました
かえるは自分の家にその花を持ってかえりました
なにもしない花にも　ちゃんと仕事はありました

　　　　　11才（小学6年生）

第二章　詩がいちばん好きです

> どんな人も何か役目があって、この地球上に生まれてきたと、僕は信じています。
> 全く役に立てないように見えても、誰かのために人は生かされていると思っています。
> 自分の意志に関係なく、そうなっているのでしょう。
> この花の最後は、幸せでした。

「みしみし」は何

一人でいるのがすきな小さい鳥がいました
鳥は大空をとんで おいしい実をお腹いっぱい食べられれば
それで満足でした
ある晴れた日
鳥は 自分の口ばしの上に きみょうなものがついていることに
気がつきました
それは黒いみみずのような生き物で
ごそごそ動くたび「みしみし」音をたてていました
いつも一人でいたから
鳥はいやでたまりません
だれも気がつきません
（だれかにとってもらおう）
そう鳥は考えました
一日とんでやっと仲間の鳥にであいました

第二章　詩がいちばん好きです

「こんにちは」
と　鳥が言った時
「みしみし」はポトリと下へ落ちてしまいました

10才（小学5年生）

僕はひとりになりたくて、どうにもならない時があります。けれども、そんな僕の心に関係なく、みんなは話しかけてきます。みしみしは、心の痛みの音です。
どこかで、折り合いをつけなければ生きていけない僕は、心がいつもみしみし言っています。
やっと一歩を踏み出した時、新しい自分に出会えることもあるのです。

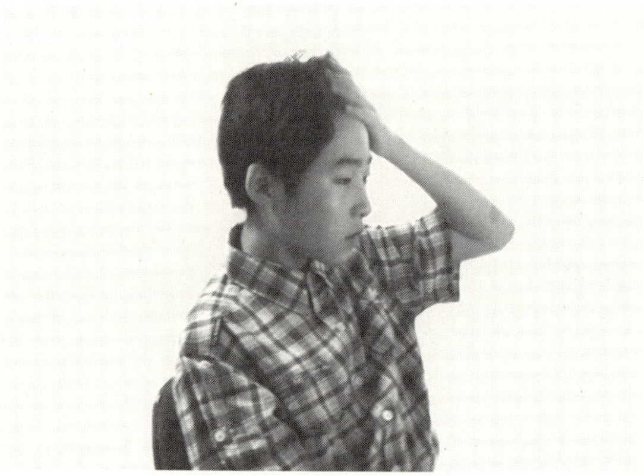

第三章　僕の思いを伝えたくて

カードと絵本

 しゃべることのできない僕がなぜ、こんなに文章を書けるのか不思議に思っていらっしゃる方も多いと思います。
 それには、理由がふたつあると考えています。
 ひとつは、とても小さい頃からお母さんが僕に言葉を教えてくれたことです。
 物には名前があるということを、僕はカードで知りました。カードは数え切れないくらい見たと思います。それが実物と一致するのにしばらく時間がかかりました。僕の中では、3才くらいの時「りんご」というカードをお母さんが持っていて、本物のりんごを横に並べていたのが記憶に残っています。
 カードと本物のりんごが一致したのは、まるでたくさんあるくじの中から当たりを引き当てるようなものでした。僕の頭の中で急に当たりがどれか分かった感じです。1枚でも分かると、あとは実物がカードと同じだと認識すればいいだけです。

92

第三章　僕の思いを伝えたくて……

物の名前が分かると、僕は自分で、ことばと絵が書いてあるような辞典を読み始めました。

はっきりした記憶はありませんが、それまでは何となく感覚だけで生きていたような気がします。

単語が理解できると、お母さんが話している言葉が、少しずつ僕にもわかってきました。

文字は努力しなくても、カードで見ていたので自然と自分で覚えてきました。4才の時には、お絵かきボードに自分で見たままを真似して書いていました。漢字や数字なども、見たものは写真のように僕の頭に残りました。

辞典の中には例文が載っていて、僕はそれで文章をたくさん覚えました。基本的な言葉の使い方は、辞典で覚えることができたのだと思います。

ふたつ目の理由は、お母さんが本を読む楽しさを、僕に教えてくれたことです。

僕は、最初本の意味が分かりませんでした。

特に、絵本は言葉も少なく言葉の裏にあるものを、絵をみながら想像しなければなりません。僕にとっては、辞典のような事実を知ることに

ついては理解できますが、絵本を読んで想像するという意味が良くわからなかったのだと思います。僕は、お母さんが絵本を読もうとすると、すぐに逃げ出していました。

お母さんは、たくさんの本を図書館から借りてきては、僕に読んでくれました。

絵本を読んでも僕が聞かないので、お母さんは、僕が動かない寝る直前に読んだり、おやつの前に読んだりしていました。たくさんある絵本の中で、きっと僕の気に入る絵本が見つかると思っていたのでしょう。

しかし、いくら読み聞かせをしても、僕は聞こうとしませんでした。

すると、お母さんは僕や家族が写っている写真をつかって、手作りの絵本を作ってくれました。写真をめくるとそれに合った短い文章が、書かれてあるものです。

僕は最初、手作り絵本をアルバムだと思っていました。お母さんが何度も読んでくれたおかげで、その文章は写真のことが書いてあることに気づきました。手作り絵本は、日常生活の中で僕が体験していることを書いているので、僕にも意味がわかりました。それを読んでいるうちに、その時の楽しい気持ちやおもしろかったことを思い出しました。

第三章　僕の思いを伝えたくて……

お母さんの手作り絵本

それからしばらくして、ある1冊の絵本を読んでもらっていたときのことです。主人公のクマのやっていることが、僕の普段やっていることと同じだと気づいたのです。絵本のクマがスパゲッティを食べる場面です。そして、次にクマがフォークで自分の口を刺してしまうのを見て、思いがけないシーンに僕は大笑いしました。僕もスパゲッティは食べるけれど、フォークで口を刺すことはないからです。この絵本は、僕のお気に入りになりました。
こうして、少しずつ僕にも好きな絵本が増えていきました。

小さい頃の作品を振り返って物語を書くことをどうして始めたのかというと、筆談で会話をしているうちに、お母さんが「何かお話書いてみる?」と言ったからです。僕は、物語というのは読むものであって、書くものではないと思っていたので驚きました。
　それまで僕は、自分でお話をつくることなど考えたこともありませんでした。お母さんは「自分の思っていることを書けばいいよ」と教えてくれました。
　そこで僕は「くもをそらに」というお話を、筆談で書きました。
　今、読み返すと、意味がわかりにくい部分もありますが、これが僕の記念すべき第一作です。

第三章　僕の思いを伝えたくて……

くもをそらに

くもをそらに。そんなことをかんがえたのは みみずくでした。そんなことをかんがえると いつか あめがふったあさに そんなことを こんなふうに みんなが かんがえました。
みみずくは ごめんなさい。そらはおおきすぎて くもが たりないの。と こまっていました。
こまっていたら それをみていた こぎつねが
きっと ちえをだせば そらにはくもが たくさんできる。
といいました。
それには どうしたらいいの。
と みみずくが きくと
おかあさんに きいてみる
といいました。
みみずくのおかあさんは
それには いそいで そらに みつをあつめなさい。そしたら そこに むしを よんできて おはなのくにを つくりなさい。きれいなはなから たくさんの

くもがうまれ みんなのきもちを やさしく きもちよくしてくれるから。
と おしえてくれました。
そこで みみずくは たくさんのみつを そらにまきました。
すると くもが つぎつぎでてきて そらは しろいくもで いっぱいになりました。
みんなは とてもよろこび
そらが きれいにみえる。おはなのおうちだ。
みんなで あそびにいこう。
と みみずくがいいました。

4才8か月

> これを読んだお母さんは、とても喜んで僕をほめてくれました。僕は、すごく嬉しかったです。作品は、その頃通っていたはぐくみ塾の鈴木さんにも読んでもらいましたが、鈴木さんもお母さん以上に、僕の書いたお話を褒めてくださいました。こんなにみんなが喜んでくれるなら、も

第三章　僕の思いを伝えたくて……

っとお話を書いてみようと思ったのが、僕の創作活動の始まりです。

それからは、僕の思いを伝えたくて、たくさんの作品を書きました。

幼稚園の時には、静かに座っていることや先生の指示に従うことなど、みんなが当たり前にやっていることが、僕には全くできませんでした。周りの人に叱られることが多く、どうやればみんなのようになれるのかもわからず、僕は泣いてばかりでした。僕はいい子になりたかったので、家で神様のお話を聞いたことはありませんでしたが、テレビや絵本で神様のことを知ってから、神様なら僕を助けてくださるかも知れないと考えるようになりました。朝起きたら、突然みんなのように話せるようになっている。僕は、毎日毎日奇跡が起こるのを待っていました。しかし、どんなに願っても奇跡は起こりませんでした。僕は、このままの自分でいるしかありません。その頃書いたのが「かみさまのくに」というお話です。

かみさまのくに

かみさまのくには どこにあるの。
それは てんごくにある。
と おかあさんがいうと そのとき そらのもんが ひらきました。
いつもは とじているのに どうして きょうは あくの。
と おとこのこがきくと
このとびらは いちねんにいちどだけ ひらく。
と おかあさんが いいました。
とびらをひらく いまこそ みんなで てんごくをみにいこう。
と おとこのこが こえを からしていいました。
すると おおきな てんのとびらが みるみるあき みんなが なかへはいっていきました。
いこうといったものの どこにいけばいいのか おとこのこは まよいました。
まよっていると そこに てがみを もったひとがいました。
そのひとは てんのつかいのひとで おとこのこに いくみちをいいました。
くものおくに まっすぐなみちがある。そこをいくと つきあたりに みっつ

第三章　僕の思いを伝えたくて……

のとびらがあるので そのひとつをあけなさい。どのとびらか わからない。
と いいました。
おとこのこは、くものみちをすすんでいきました。
みっつのとびらが ありました。
そのひとつをみると、かみさまのえが、かいてありました。いつもとおなじよ
うなかおを していました。
もうひとつは いえのえが かいてありました。おとこのこのいえです。
もうひとつは るびいいろの こころをかいた えでした。
おとこのこは まよいました。
どのとびらをあければ、てんごくにいけるのだろう。いったい このいみはな
んだ。
と おもいなやみました。
すると てんの つかいが
いまから しつもんをだします。
と いいました。
あいのあるえを えらびなさい。そうすれば いくみちがわかる。
と いいました。

あいとは ひとのこころのなかに いまあるもので とても たいせつなものだから それをみつければ いくみちがわかり てんごくにいけるでしょう。もしそれができなければ あなたはくるしみ もう てんごくには いけません。くいのないように かんがえなさい。
と てんのつかいは いいました。
ぼくは どのいくみちをえらんだら いこうとするてんごくに いけるのだろう。いったい どうすればいいのだろう。
と かんがえました。
そうすると いいかんがえがうかび いくみちが わかりました。
いくみちは、いまきたみちだ。いまきたみちだ。いまきたみちだ。
と おとこのこが いいました。そのわけは どのとびらとも いつもいつも つながっていて どれもみな たいせつなものだから。
と いいはなしました。
すると てんのつかいは いいました。
しかし これからさきには いけません。いこうとしても これいじょうすすめません。てんのいのちは みてはいけません。なぜなら そこは かみのくにだからです。いまから きたみちをかえりなさい。いまきたみちこそ あなた

102

第三章　僕の思いを伝えたくて……

のかえるみちだから。
おとこのこは わかりました。
と いって いえに かえりました。
いえのなかは いつもと おなじようすでした。
おかあさんが ここにいて いっしょにくらし
こころをそだて かみに いのりをいのりましょう。
と いいました。
おとこのこは こここそ ぼくの いるところだ。かみさまは ぼくに それ
を おしえてくれたんだ。ありがとう。
と いいました。

4才11か月

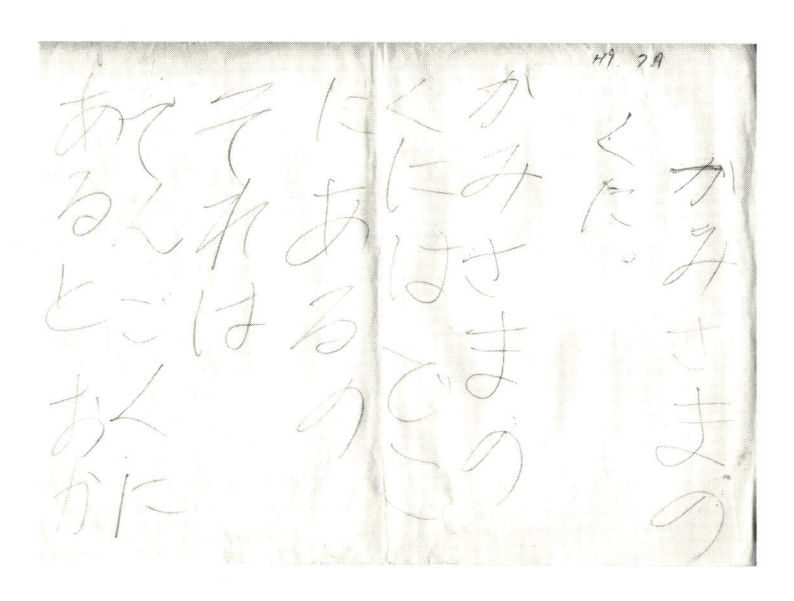

「かみさまのくに」の原稿

「くもをそらに」の原稿

想像力について

僕がいくつか絵本が読めるようになったからといって、読書好きな子供のように自分でどんどん本を読み始めたわけではありません。僕は、今でも簡単な絵本くらいしか自分では読めません。読みたくないわけではないのです。読みたいのに読めないのです。長い文章を読もうとしても、活字が僕の頭の中へすんなり入ってこないのです。辞典の文章など短い文なら平気ですが、長い文章を読むという行為は、とても根気のいる作業です。どのくらい読めばどんな風に展開してどう終わっていくのか、先の予想がつかないのが本のおもしろさなのに、僕にはそれが不安につながってしまいます。でも、そんな僕もお母さんの読み聞かせなら、楽しんで聞くことができます。お母さんは、僕が長い本を読めないことに気づいてから、僕に読む練習をさせました。それと同時に、これと同じように、長編の本も僕に読み聞かせをしてくれました。ハリー・ポッターシリーズや宮沢賢治の本などです。

たぶん僕は、そんなにたくさんの本は知らないでしょう。みんなは、たくさん本を読めば文章が上手くなると思っているかも知れません。僕の場合は、たくさんの本は読んでいませんが、言葉に対して多くの想像力をもっていることが、文章を書く秘訣になっている気がします。例えば「花」という言葉を聞いたとき、僕には色々な種類の花が思い浮かびます。そのときの気分によって好きな花を選びます。楽しみながら、想像を膨らませるのです。そして、僕はその花の細部を楽しみます。「夢色の花」に出てくる「悲しい時にその花を見ると、花びらは水色に、うれしい時その花を見ると、花びらはピンク色に見えました」の文章などがその例です。

第三章　僕の思いを伝えたくて……

夢色の花

　森のおくの小さなひだまりに、その花はさいていました。花びらがすきとおっているその花は、夢色の花といわれ、森のみんなに愛されていました。その花には不思議な力があり、うれしい時にその花を見ると、花びらは水色に、悲しい時にその花を見ると、花びらはピンク色に見えました。
　森のみんなにとって、夢の花は宝ものでした。
　森でいちばん自由なもの。それは、ようせいです。この森では、十人のようせいがくらしていました。静かに木の枝にすわっているもの、いつも木の実ばかり食べているもの、虫とおにごっこしているもの、みんなそれぞれ自分のやりたいことをして、毎日をすごしていました。
　ある晴れた日、ひとりのようせいが、夢の花にすわって言いました。
「この森の中でいちばんきれいなのは、わたしね」
　すると、そばにいたべつのようせいが、
「何を言っているの。わたしに決まっているじゃないの」
　ようせいたちは次々と、自分がいちばんきれいであると、言い合いました。
　そこにあらわれたのが、この森に昔から住んでいるふくろうです。ふくろうは

言いました。
「この世界でいちばん美しいものは、みんなの心をひきつける。みんなにいちばん見られたものが、いちばん美しいとしよう」
ようせいたちは、うなずきました。
十人のようせいたちは、それぞれ別の方向へとんでいきました。
いつもようせいたちの笑い声でにぎやかだった森のおくは、光だけがさしこめる静かな森にかわりました。小さな光をうけながら、夢の花は、すきとおった花びらのひとつを、ふるわせました。
どうしたら、いちばんきれいになれるの。
ん命考えました。たくさんの花の花粉を体につけたり、落ちていた鳥の羽を頭にむすんだり、緑の葉っぱのドレスを着たり、みんな大さわぎです。
かならず自分がいちばんになれる。
ようせいたちは、自信まんまんで、夢の花のまわりに集まりました。
夢の花のまわりに集まったようせいたちは、宝石のようにきれいでした。みんなきらきらがかがやいていて、だれがいちばんなんて、決められません。
「どうしよう」
十人のようせいたちも、だれを見たらいいのか、迷うばかりです。

第三章　僕の思いを伝えたくて……

困ったようせいたちは、ふくろうに相談しました。ふくろうは、言いました。
「みんながきれいで、いちばんを決められない時には、どうしたらいいと思う？」
ようせいたちはだれもわかりません。
ふくろうは、
「みんなの感じていることを、言ってごらん」
と、言いました。
いちばん着かざったようせいが、
「みんなきれいだけど、わたしがいちばん、たくさんのものを身につけているわ」
すると、いちばんめずらしい石をネックレスにしていたようせいが、
「世界中でこれを持っているのは、わたしだけなのよ」
と、おこりだしました。
こうなると、ほかのようせいたちも、だまってはいません。
みんな、わいわいがやがや、服をひっぱったり、かみの毛をつかんだり、大げんかになりました。
足をふまれて、

「ギャーッ、いたい」
頭をたたかれて、
「もう、やめてよ。おかえしよ、えいっ」
気がつくと、みんなはぼろぼろ、静かで美しかった森はあらされて、夢の花もとんでいって、あとかたもありません。
そのようすを今まで見ていたふくろうが、言いました。
「大切なことに、気づかなかったのかい。夢の花は、もうなくなったよ」
ようせいたちは、おどろきました。
みんな、泣きました。夜になるまで、泣きました。
東の空にうかんでいる、お月さまがささやきました。
「みんな、とてもきれいよ」
ようせいたちは、顔を上げました。おたがいを見ると、ちぎれた夢の花の葉っぱや花びらが、ようせいの顔や体にくっついていました。それはにじ色に、きらきらがやいて、ようせいの体の一部になっていました。
「あなたがいちばんきれいだわ」
ようせいたちは、言い合いました。

11才（小学5年生）

第三章　僕の思いを伝えたくて……

> 妖精たちが言った最後の言葉「あなたがいちばんきれいだわ」この言葉は、とても大切だと思います。
> 僕は、これまで、自分のことしか考えていませんでした。
> しかし、大切なのは、相手を思いやることだと気づいたのです。
> 相手を思いやることができれば、きっと相手も僕のことを考えてくれることが、わかるようになったからだと思います。

周りの人たちの愛情

自分の心が人に向かっていくようになって、僕の想像力は、育ってきたような気がします。

小さい頃、僕は自分だけがこの世界から取り残されたような気がして、人とどう関わればいいのかわかりませんでした。僕には、人がしている言動がまるでお化けのように、いつも突然で恐ろしいものに感じていました。見た目は、人見知りもしない元気な子に見えていたかも知れませんが、実際は人を人だと認識していなかったのだと思います。

話せない僕は、自分の気持ちを人に伝えられなかったので、自分の中で気持ちを持て余す毎日でした。あふれ出す感情をどうすれば抑えられるのかも分からず、パニックになるか泣いていました。友達は話せない僕のことをばかにするし、周りの人はわかったような態度で、的外れなことを言うばかりでした。僕はだんだん、人と接するのが嫌になってきました。砂や光や水で遊んでいれば、とにかく気持ち良かったし、他のことは考えたくありませんでした。

112

第三章　僕の思いを伝えたくて……

そんな僕を現実の世界に引き戻してくれたのが「抱っこ法」です。

僕は、心と体を包み込むように抱きしめてもらって、やっと自分もみんなと同じ人だということを自覚できました。僕の心をわかってくれて気持ちに共感してもらうことで、僕は自分の心を洗い流すように思いっきり泣けるのです。傷ついて疲れきった心は、簡単には癒されません。僕は、何度も何度も抱っこ法で泣きました。そうすることで、僕は少しずつ元気になりました。

抱っこ法の良さは、言葉で説明できませんが、僕が自然を愛するように人を好きになれたのは、僕を決してひとりにさせないという、周りの人たちの愛情があったからです。

僕は人を好きになったことで、創作する物語も変わってきました。

最初は、自分の気持ちを分かって欲しくて書いていましたが、それがしだいに、みんなの中にいる自分の存在の意味を考えるようになったのです。

僕はいつも、自分の考え方や価値観が、普通の人と違っていないか気にしています。考え方や価値観は人それぞれでいいのですが、物語を書くときには偏った物の考え方だと、読んで下さる方に僕の思いが伝えら

> れないからです。
> 僕は、僕の書く物語の主人公になって、思いをみんなに伝えていきたいのです。

第三章　僕の思いを伝えたくて……

宇宙へ

2002年おはなしエンジェル子ども創作コンクール　優秀賞
（くもん出版主催）

　いつのころからか、ぼくは毎日同じような夢を見るようになった。それはどこかなつかしく、見ているだけであたたかくつつまれるような幸せを感じた。この夢のことはだれにも話せなかったし、自分でも信じられなかった。
　——どんな夢にもおわりがある——
　そう思っていたのに、毎日毎日夢の話が続いていくのである。
　すごく楽しかったり、とても悲しかったりすれば、テレビのドラマみたいで続きを期待するのだけれど、ぼくの場合はそれとは違う。
「どんな夢か、知りたい？」
　きっとみんなは、知りたいって思うよね。
　その夢は、真っ暗な世界に嵐のような風がふいて、その風がやんだ時、ぼくたちは違う世界にいっているんだ。そこは宇宙。すごく静かでだれもいない。無数の光る星が、ぼくらのまわりでまたたいている。とてもきれいで見とれていると、どこからか流れ星が、目の前をきらんきらんかがやきながらとおりすぎていく。数え切れない星を見ているうち、星のひとつに行ってみることにした。
　星まではおよいで行ける。手足をばたばたやっていると、ようやく金色にかが

やく、三角形をふたつ重ね合わせたような星にたどりついた。
ぼくはまわりを見わたした。とんがっている部分が六つ。そのひとつひとつには、かめのこうらのようなかざりがついていた。かざりには、へんてこな穴まであいている。思わずひとさし指を入れてみると、ぼくの目の前は虹色の光でいっぱいになった。
ぼくだけどぼくじゃない。悲しそうな顔でじっとしてる。ぼくが見ていると画面のぼくは、今度は大笑いしていた。
（なんか見たことある）
そう思った次のしゅん間、ぼくはこれが一年前のできごとだと気づいた。すごくさみしかったのは、友達と待ち合わせをしている時、おこづかいを落としてしまったんだっけ。そしたら、友達がやって来てぼくといっしょにさがしてくれて、でも見つからなくて、自転車にもどってみるとタイヤの所にさいふがひっかかっていたんだ。うれしくてふたりでげらげら笑ったな。一人だったらもっと心配しただろうな。
そんなことを考えているうち、画面は消えてしまった。ぼくの心は少しあたたかくなった。おもしろくなって、となりの穴に指を入れてみた。今度は雪のように真っ白なつぶが、あたり一面をおおった。
ぼくは生まれたての赤ん坊だった。お父さんとお母さんが、すごくうれしそう

116

第三章　僕の思いを伝えたくて……

に話していた。
「なんて、かわいいのかしら」
「おれにそっくりだ」
それは、見たこともない笑顔だった。
いつもいつもおこられてばかりで、自分はきらわれていると思ったり、もんく言ったり、本当はぼくが悪いのに。ぼくの心は、少し熱くなった。
こうらの穴は、まだまだあった。よく見てみると、どの星にもこうらはあった。
ぼくは目がさめた。その日の夜も同じ夢を見た。夢の内容はすべて、ぼくの思い出ばかりだった。
「この夢はずっと続くんだ」
夢を見るようになってから、ぼくは少し大人になった。夢の中ではぼくはいつも主人公で、いろんなことがおこっている。毎日あたたかくつつまれて、ぼくはすごく幸せ。
（夢は、どこへいくんだろう）
宇宙の星を数えながら、ぼくはひとりで考えていた。

10才（小学4年生）

（夢は、どこへいくんだろう）この作品の中で、主人公の少年が最後につぶやいた言葉です。僕は夢というのは、その時々で変わるものだと思っています。

僕は小学校1年生の頃、「約束」という作文を書きました。それは、その当時の僕の気持ちを書いたものです。僕はずっと、自分のことをわかって欲しいと思っていました。話せない僕が、手を添えてもらっての筆談で自分の気持ちをお母さんに伝えられるようになって、今では文字盤やパソコンを使って、人に思いを話せるようになりました。毎日の練習は辛くて苦しいものでしたが、7才だった僕の夢は、半分叶えられたのです。今僕は、作文に書いたあの時の約束を果たすために、もう一度努力するつもりです。努力する目標があるということは、とても幸せなことだと思います。

みんな将来に対して不安があります。けれども、僕は幸せな記憶の多い人ほど、将来に対して前向きに取り組んでいけるのだと思います。

第三章　僕の思いを伝えたくて……

約束

ことばをうまくはなせないぼくは、いま　おかあさんといっしょに、がっこうにいっています。
ことばは　はなせなくても　なんでもしっているということを、ぼくのほかにはおかあさんだけが、しっています。
学校では、おかあさんは、ぼくのそばにいてくれます。
いつもおかあさんは、ぼくのそばにすわってくれます。
ぼくのよこで、あれこれおはなししてくれます。
みんながぼくをわらっても、おかあさんはへいきです。
ぼくがわらわれると、おかあさんはすこしさみしそうなきがします。
どんなときにわらわれるかというと、みんながしずかにしているときに、ついぼくが大ごえでへんなことをいうときや、うたをうたってしまったときです。
こえをだすのがどうしてか、ぼくにはわかりません。どうしたらしずかにできるのか、いつもしりたいとおもっています。
へんなこえをだしたあとぼくは、「どうしよう」と、そっとおかあさんをみます。
おかあさんはなにもなかったように、しらんかおしています。

しらんかおは、どういうかおかというと、とおくをみているかおです。そしてかなしい目でどこかいってんを、みています。
わらうときもあります。
ぼくがとてもよくへんじができたときです。
おおごえで、「はっ、はっ、はっ」と、うれしそうにわらいます。
このときのおかあさんは、目がたれて、かおがにこにこわらっています。
ぼくはいつもおかあさんに、めいわくをかけています。
おかあさんは、じぶんのじかんもぜんぶつかって、ぼくをたすけてくれています。
ひとりのときは、ぼくのにっきをかいたり、いえのしごとをしたりしています。
かならずぼくがよくなることを、しんじています。
このことがぼくにはとても、くるしいことかもしれません。
くるしいのは しんじることより、しんじていたいとおもうこころなのかもしれません。
でも そうしなければ、いきていけないことを、ぼくが、いちばんよくしっています。
こころはいつも しょうじきです。
ぼくがいつも やりたいことは、じぶんがしたいことです。でもぼくにはそれ

第三章　僕の思いを伝えたくて……

が、できません。かなしくて、くるしくて、いつも こころがいっぱいです。おかあさんは、いつもぼくをこころから ささえてくれます。やくそくはかならず まもります。かなしくて さみしくて、ないてしまうときも、ぼくをだきしめて はなしません。

ぼくは、やくそくします。

だれに なんといわれても、ぼくはがんばります。おかあさんが、ぼくをしんじていたいとおもうなら、ぼくもみらいをしんじます。やくそくは、とても とおもいけれど、このことが ふたりをつよくしました。だれにも わかってもらえず、ないた日を ぼくは わすれません。

やくそくは、まもることでは ないのかもしれません。どんなふうにやくそくをまもろうとするのかが、とてもたいせつだと しりました。

ぼくのやくそくは、いつの日か おかあさんと べつべつにくらすことです。やくそくをみんながあたりまえにやっていることが、できるようになることです。やくそくをかならずまもりたいきもちが、ぼくのこころを ささえています。

7才（小学1年生）

121

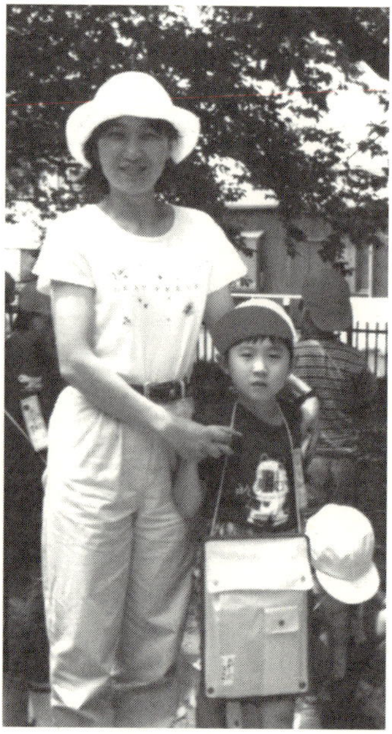

第四章　今も僕は詩を書いています

最近の詩から　（２００７年　中学３年生　秋）

　僕は、詩の中でいつも自分の心を見つめてきました。
　たくさんの言葉の中から自分の思いにぴったりな言葉を見つけたとき、とても幸せな気分になり、まるで、難しいパズルの最後の一枚をはめた時のように満足するのです。
　今も僕は、詩を書いています。今回、昔の僕を振り返っての思いを綴ってみました。詩の中で、僕は昔の僕に思いを寄せたり、エールを送ったりしています。

第四章　今も僕は詩を書いています

夢

僕は昔　夢を見た
クラスの中で
みんなと笑って
話している
夢から覚めた時
僕は泣いた

言葉より大きいもの

もしも　君が話せなくて
心が壊れてしまったと
思っているのなら
ほんの少し　空を見上げて

空に雲があるように
君の心に思いはあふれている
ひとりの胸にしまっておけない
辛くて　悲しい　その気持ち
そっと　空へ届けよう

たとえ　言葉が話せなくて
誰にもわかってもらえなくても
白い雲が思いをつつむ
青い空が心を癒す

第四章　今も僕は詩を書いています

言葉より大きなものを君は知っている
言葉より大きなもの
それは君自身が
生き続ける気持ち
それは明日への希望
胸を張って生きていくこと

ルビィ色の心

僕の心がルビィなら
きっと いつか 天使になれる
僕の心はルビィにならない
どんなに ごしごし磨いても
「ルビィになれ ルビィになれ」
天使は言った
「どうか 僕を助けてください」
困った僕は天使に相談
「今までのことを思い出して」
天使は言った
楽しかったこと 嬉しかったこと
苦しかったこと 悲しかったこと
僕の心のアルバムを開く

第四章　今も僕は詩を書いています

涙のシャワーがあふれだす
僕の汚れた心に
心が洗われた
洗濯仕立てのシャツのように
生まれたての赤ちゃんのように
僕の心がルビィになった

草になれなかった

僕は　草になれなかった
僕は　人に生まれた
僕は　草に生まれたかった
気ままに　自由に　生きたかった
自分のことをバカだと思う
僕はバカな人間になった
草が「フフフ」と笑ってる

第四章　今も僕は詩を書いています

家族

おかしいね
いつも笑ってる
家族だから

そっと

「何日も食べてないのにお腹がすかない」僕はそう言った。
僕はカッパ。みんながめずらしがるから、僕はいやなの。
人に見られるのが面倒臭くなって、もうずっと家から出ていない。
僕はこれからどうしようと、迷っていた。
人にも蛙にもなれない自分。僕は一体何だろう。
ふわふわ　ゆらゆら
ひらひら　きらきら
蝶がやってきて、僕の頭にとまった。
何だかくすぐったい。
僕は笑った。蝶は、僕が笑っても僕の頭から離れない。
とても美しい七色に光る蝶。
試しに歩いてみた。蝶は、僕から離れない。
誰かに自慢したくなった。
僕は、そっと外に出た。
みんなが蝶を褒めてくれた。
僕は元気になった。

第四章　今も僕は詩を書いています

学校

みんなが　ワイワイ
「うるさい　うるさい」
勉強　体育
「できない　できない」
なぜ　僕のこと笑うの？
僕は　ここにいていいの？

友達が　僕に声をかけてくれる
友達が　僕を仲間に入れてくれる
そんな時
学校が好き

毎日大変な君へ

「もういやだ」君は言う
「学校なんて行きたくない」君は言う

本当は　みんなと一緒がいいよね
できない自分が情けないよね

僕もそうだった
あの子もそうだった

辛くなったら　泣けばいい
いやになったら　休めばいい

でも、忘れないで
君を待っている人がいる
君を信じている人がいる

第四章　今も僕は詩を書いています

毎日大変でも
未来は君の中にある
夢は君の側にある
今日と明日は続いている
さぁ　前を向いて歩いて行こう

幸せな記憶

記憶の中の僕は
いつも泣いていた

それを　思い出して
また　泣いた

記憶の中には
楽しい記憶もある
でも　それを　思い出すことは
あまりない

なぜ　思い出せないのだろう

幸せな記憶は
あまりにはかなくて

第四章　今も僕は詩を書いています

幸せにあこがれる
僕には重すぎる
幸せな記憶は
僕には似合わない
だから
僕は記憶を
幸せでいっぱいにしたい

さようならの詩

どこかで　君が　泣いていても
神様は知っている

どんなに今が辛くても
みんなと同じ明日が来る

「さようなら」はいつ来るの？
僕はそれが恐ろしい

僕は何にもしていない
やりたいこともやってない

さようならの日
神様は　僕に　こう尋ねる
『お前の役目を果たしたかい？』

第四章　今も僕は詩を書いています

さようならの日
僕は　僕に　こう尋ねる
「自分の人生を生きたかい？」
さようならの詩は
決して涙でうたわない

最近の物語　（２００７年　中学３年生　秋）

　僕は、詩の他に物語も書いています。物語は、たくさんの言葉を使うことによって、情景を詳しく描写することができます。それでも、全てを表現することは、できません。僕は、文章の裏に隠れているものを大切にしたいのです。
　「幸せな時間」という物語は、何気ない友達同士の会話のひとコマですが、主人公の二人が、どうしてそう考えるようになったのかということについては、読んで下さる方に、想像していただければと思います。僕が書き終えただけでは、物語は完成していません。皆さんによって、物語を作り上げて下さった瞬間こそ、僕にとっての「幸せな時間」なのです。

幸せな時間

「ほら、僕が見つけたよ」
りゅうじが言った。
それは、どこにでもあるような雲だった。
「この雲が、幸せを呼ぶ雲なのさ」
りゅうじは自信満々で、空を指さした。
りゅうじが指した雲は、丸い雲のまわりに輪のようなものがかかっている土星に似ている雲のことだ。
幸せを呼ぶ雲は、いつでも見られるようで滅多に見つけられないと、りゅうじが言う。りゅうじはすごく嬉しそうだ。
「その雲を見つけたら、どんな幸せがやってくるの？」
同じクラスのさちこが、興味津々という顔でりゅうじに尋ねた。
「幸せなんだから、決まっているだろ。まぁ、その……お金持ちになれるとか、欲しいものが手に入るとかだろう」
りゅうじの声は、だんだん小さくなっていった。自分でも本当の所、幸せが何なのか、はっきりとは知らないことに気づいたのだ。

今日は風が強い。土星に似た雲は、もう今はりんごみたいな形になっている。
「もう、幸せは逃げちゃったね」
さちこは笑った。
りゅうじが言った。
「逃げちゃったものはしかたない」
さちこはきっぱりと
「私は幸せを呼ぶ雲なんかいらない」
と言った。
「なんでいらないのさ」
不思議そうにりゅうじが聞く
「幸せは、雲の上にはないからよ」
さちこは、まっすぐにりゅうじの目を見て言った。
りゅうじは黙っている。さちこの言っていることが、良く分からない。
「幸せを探している今こそ、いちばん幸せな時間なのよ」
さちこは、胸を張ってそう言った。
りゅうじは、もう一度空を見た。
幸せの雲は、もうどこにもない。空は明るいブルーにつつまれていた。

第四章　今も僕は詩を書いています

りゅうじは大声で言った。
「今度こそ、幸せを呼ぶ雲を見つけてやる!」
はるかかなたの山の向こうに、白い雲が少しだけ顔をのぞかせた。

２００７年１１月２日

終わりに

この本をつくるにあたって、僕は小学生の時の作品を久しぶりに読みました。そこで、作品というのは、その頃の思いがそのまま残っていることを実感しました。僕は、辛かったこと悲しかったこと、嬉しかったこと楽しかったこと、たくさんの思い出と共に生きてきたのです。僕の作品は、きっとアルバムのように僕の思いを残してくれるでしょう。

そして、これまでの僕を支えて下さった方への感謝をこめて、これからも僕は、文章で、僕の心を表現しつづけます。

どんな時にも自分を見失わずに生きていくということは大変なことです。僕は、最後に自分を救ってくれるのは、自分自身の心だと思っています。最悪の時こそ、自分を大切にして下さい。

2007年12月31日　東田　直樹

最悪の時も
君は元気かい
最悪の時も笑えるかい
君が泣いている時
誰かが側にいてくれるかい
それが僕には気がかりで
いてもたってもいられない
君の元気が君を救う
君の笑顔が君を助ける
最悪の時も
どんな時も

NAOKI

東田　直樹　（ひがしだ　なおき）　千葉県君津市在住

1992年8月生
1997年2月　幼稚園入園
1998年3月　児童相談所にて「自閉傾向」と診断を受ける
1999年4月　小学校入学
2004年4月　千葉県立君津養護学校6年編入
2005年4月　千葉県立君津養護学校中学部入学
2008年4月　アットマーク国際高等学校（通信制）入学
2011年3月　アットマーク国際高等学校（通信制）卒業

第4回・第5回「グリム童話賞」中学生以下の部大賞受賞をはじめ、受賞歴多数

著書（エスコアール出版部刊）
2004年　9月　絵本　自閉というぼくの世界
2005年　9月　この地球にすんでいる僕の仲間たちへ
2007年　2月　自閉症の僕が跳びはねる理由
2008年　3月　自閉症の僕が残してきた言葉たち
2008年 11月　絵本　ヘンテコリン
2010年 10月　続・自閉症の僕が跳びはねる理由
2013年 12月　あるがままに自閉症です

2013年　7月　自閉症の僕が跳びはねる理由　海外翻訳出版
　　　　　　THE REASON I JUMP One Boy's Voice from the Silence of Autism
　　　　　　翻訳：David Mitchell & Keiko Yoshida
　　　　　　　　　　　　　　　　イギリス、アメリカ、カナダ等で順次出版
　　　　　　　　　　　　　　　　上記以外に、他の出版社から多くの著書あり

東田直樹　オフィシャルサイト　＜自閉症の僕が跳びはねる理由＞
http://naoki-higashida.jp
東田直樹　オフィシャルブログ　＜自閉症の僕が跳びはねる理由＞
http://higashida999.blog77.fc2.com/

この本を発行するにあたり、改行、句読点等必要最小限の修正をしております。（編集部）
表紙タイトル・イラスト：東田直樹、表紙デザイン：中村有希、本文イラスト：東田直樹、DTP：根本満

自閉症の僕が残してきた言葉たち　―小学生までの作品を振り返って―

　　　2008年　3月31日　初版第 1 刷　発行
　　　2014年11月25日　初版第 3 刷　発行

　　著　者　東田直樹
　　発行者　鈴木弘二
　　発行所　株式会社エスコアール出版部　　千葉県木更津市畑沢 2-36-3
　　電　話　販売　0438-30-3090　FAX　0438-30-3091　編集　0438-30-3092
　　　　　　URL　http://escor.co.jp
　　印　刷　株式会社平河工業社

©Naoki Higashida. 2008　ISBN978-4-900851-46-7　落丁・乱丁本は弊社出版部にてお取り替えいたします。

自閉症の僕が跳びはねる理由
会話のできない中学生がつづる内なる心

著：東田 直樹

20ヵ国以上で翻訳出版され
国外でも大反響！

「どうして目を見て話さないのですか？」「手のひらをひらひらさせるのはなぜですか？」など自閉症の行動や思いについて50以上の質問に答えています。巻末には、家族に対する愛情に満ちあふれた短編小説「側にいるから」を掲載しています。

A5判　176頁　ISBN978-4-900851-38-2　2007年2月発行　1,600円＋税

続・自閉症の僕が跳びはねる理由
会話のできない高校生がたどる心の軌跡

著：東田 直樹

高校生の「今」だから思うこと—
待望の続編！

「コミュニケーション」「感覚」「時間」「行動」「興味・関心」「感情・思考」「援助」「これから」全8章で構成。勉強、恋愛、仕事についてなど60以上の質問に答えています。

A5判　150頁　ISBN978-4-900851-59-7　2010年10月発行　1,600円＋税

あるがままに自閉症です
東田直樹の見つめる世界

「自閉症だから」じゃなく あるがままに生きる──

自閉症者のご家族の方や支援する方、何よりもこれから大人になろうとしている当事者へのメッセージ。「告知」「診察」「パニック」「母の日」など、ブログに掲載された多くのメッセージを厳選して加筆、書籍化。

著：東田 直樹

四六判　128頁　ISBN978-4-900851-73-3　2013年12月発行　1,000円+税

この地球にすんでいる 僕の仲間たちへ
12歳の僕が知っている自閉の世界

執筆風景や障がいがわかる DVD付

「僕たちはいつも困っていてひとりぼっちなのです」「僕たちを笑わないでください」「のけものにしないでください」助けてください」。1章から5章を直樹さんが自らについて書き、6章と7章を母親の美紀さんが小さな頃からの子育てについて書いた、親子の共著書。巻末の詩「希望を下さい」が胸を打つ。

著：東田 直樹・東田 美紀

A5判　132頁　DVD付　ISBN978-4-900851-32-0　2005年9月発行　1,900円+税

絵本 ヘンテコリン

「ヘンテコリンだっていいじゃない」
そんな世の中になるのが僕の夢です

いつも恐竜たちにいじめられてばかりのヘンテコリン。たくさんの困難を乗り越えて、新しくふみだす一歩――文・絵ともに書き上げられたこの絵本には、著者の心の色がうつし出されています。

絵・作：東田 直樹

A4変形判　48頁　ISBN978-4-900851-48-1　2008年11月発行　1,500円＋税

絵本 自閉というぼくの世界

「自らの思いを伝えたい」という著者が、小学校3年生の時に書き上げた作文を元に絵本にしました。言えない辛さやひとりぼっちの寂しさは、自然を友達にしながらやり過ごす。でもやっぱりみんなの中にいたい。

作：なおき（東田直樹）　絵：れいこ（井村禮子）

ぼくは　少しみんなとは　ちがいます。
そのことに　さいしょに　気づいたのは
ぼくが　三才のころでした。
みんなは　自分の思ったことや　やりたいことを
口で話しているのに　ぼくは　どうやれば
それが出来るのか　ぜんぜん　わかりません。
　　　　　　　　　　　　　　　　（本文より）

B5変形判　36頁　ISBN978-4-900851-30-6　2004年9月発行　1,600円＋税